AF591806

L'AMOUR PRISONNIER,

OPÉRA BALLET

COMPOSÉ POUR L'HEUREUSE NAISSANCE

DU

DUC DE NORMANDIE.

DÉDIÉ

A S. A. R.

MONSEIGNEUR

COMTE D'ARTOIS.

A PARIS.

M. DCC. LXXXV.

AVERTISSEMENT.

Le hasard ayant fait tomber dans mes mains un petit Poëme Italien, composé pour la naissance de Monseigneur LE DUC DE NORMANDIE, par MARC-ANTONIO MANCINI, Soldat dans la Compagnie de MAILLARDOR, du Régiment des Gardes Suisses DU ROI (1), j'ai cru que ce joli Poëme méritoit d'être traduit en François, tant parce que rien de ce qui intéresse le sang de NOS ROIS n'est indifférent à la nation, que parce que cet ouvrage, malgré quelques imperfections, m'a paru plein

(1) Le sieur Mancini ayant reçu une gratification de SA MAJESTÉ la REINE, & de MONSEIGNEUR COMTE D'ARTOIS, en a employé le montant à acheter son congé : après avoir servi sa patrie & son Roi avec zèle, il désire aujourd'hui se livrer à l'étude & à la poésie.

Le sieur Mancini possède, indépendamment de l'Italien, les Langues Grecque, Latine, Allemande & Françoise. Il est en état de donner des leçons des Langues Latine, Allemande & Italienne.

Sa demeure est grande rue du fauxbourg Saint Denis, chez le sieur Lanté, maître Menuisier.

d'imagination, & propre à donner en FRANCE une idée avantageuſe de la nation CORSE, aujourd'hui réunie à la Monarchie; car l'on doit naturellement conclure, que cette Nation eſt ſpirituelle & affectionnée à notre Monarque, quand on voit un ſimple Soldat donner des preuves auſſi frappantes de zèle & de talens.

Au ſurplus, m'en rapportant à la ſagacité de la nation Françoiſe, pour tirer cette conſéquence, j'oſe préſumer aſſez de ſa généroſité, pour croire qu'elle voudra bien encourager par ſes bienfaits, le brave Soldat auteur de ce petit Poëme.

Le public pourra témoigner ſa bienveillance à ce nourriſſon des Muſes & de Mars, en achetant au prix que chaque perſonne voudra bien fixer elle-même, les exemplaires de la préſente traduction.

Pour moi, je me ſuis peut-être acquitté envers l'Auteur, en traduiſant ſon Poëme, & en me chargeant des frais d'impreſſion.

*** Commiſſaire des GARDES DU CORPS.

ALTESSE ROYALE.

Ma Muse timide ose aussi faire entendre les foibles accords de sa lyre ; & dans cette grande Capitale, séjour heureux des sciences, des beaux arts & du goût, elle hasarde de mêler sa voix à celles d'une foule de grands Poëtes, pour chanter l'heureuse naissance DU DUC DE NORMANDIE, *royal rejetton de notre* AUGUSTE MONARQUE.

Je sais trop que cette entreprise est au-dessus de mes forces, mais entraîné par mon goût invincible pour la poésie, & combattant sous les glorieux étendarts des lis, j'ai cédé au desir de composer ce Drame dans une si grande circonstance ; & j'ai cru devoir A MON SOUVERAIN *l'hommage de mes talens, puisque je lui dois celui de mon bras & de ma vie. J'ai donc hasardé de faire paroître ce Drame, & je prends la liberté de le dédier à* VOTRE ALTESSE ROYALE, *& de le décorer de son nom ; j'étois fondé à le faire, puisque* VOTRE

ALTESSE, Chef ſuprême de notre Régiment, poſsède la langue Italienne, eſt verſée dans les belles-lettres, les protège autant qu'elle les aime, & joint à un cœur magnanime, une affabilité rare, qualités brillantes, qui, miſes en évidence par les actions de VOTRE ALTESSE ROYALE, lui gagnent tous les cœurs.

Vous avez orné votre âme de toutes les qualités royales; & en prenant pour modèle votre AUGUSTE FRERE, connu pour le plus grand, le meilleur & le plus vertueux MONARQUE de la terre; vous avez ſu acquérir toutes les vertus qui forment un Prince parfait. La bonté naturelle avec laquelle VOTRE ALTESSE ſe communique aux grands et accueille les petits, me fait eſpérer qu'elle daignera recevoir avec intérêt, cette foible production de mon imagination, dont je fais hommage à VOTRE ALTESSE; & il ne lui paroîtra point étrange, ſans doute, qu'étant militaire, je me livre à l'étude des belles-lettres, puiſque VOTRE ALTESSE n'ignore pas que l'on peut à-la-fois ſervir Mars &

les Muses, comme l'ont fait voir Darétes, Descartes, Cervantes & beaucoup d'autres, qui, pendant qu'ils étoient soldats, ont mis au jour des ouvrages qui sont passés à la postérité, & qui ont rendu les noms de leurs Auteurs immortels. Je ne suis point assez présomptueux, pour me mettre en parallèle avec ces grands hommes; mais malgré mon peu de talent, je suis prêt au moins à verser mes sueurs & mon sang pour le service de MON ROI, *en combattant sous ses drapeaux. C'est avec ces sentimens & le plus profond respect, que j'ose me dire,*

DE VOTRE ALTESSE ROYALE,

Le très-humble Serviteur et très-fidele Soldat,

MARC-ANTONIO MANCINI,
de la Compagnie de MAILLARDOR,
des Gardes Suisses DU ROI.

PERSONNAGES.

APOLLON,

L'AMOUR,

LE TEMPS,

PALLAS,

VÉNUS,

LA SEINE,

CHŒUR DE MUSES,

CHŒUR DE FAUNES.

L'action est supposée se passer sur les rives de la Seine, dans le voisinage de la Capitale.

L'AMOUR PRISONNIER,

OPÉRA-BALLET

COMPOSÉ POUR L'HEUREUSE NAISSANCE

DU

DUC DE NORMANDIE.

PREMIER ACTE.

L'on découvre les rives de la Seine ombragées d'arbres, une riante campagne ; & dans le lointain, une partie de la Capitale. Le Soleil darde ſes premiers rayons.

LE TEMPS & LA SEINE.

Le Temps. SEINE... quoi ! déja l'aſtre du jour embrâſe l'horizon, & je ne vois pas une ſeule de ſes Nymphes, prêtes à célébrer la fête ſolemnelle. Seine..... L'écho ſeul me répond, les campagnes ſont muettes, & ces rives déſertes. Je vais appeler les Nymphes des bois, elles ſe raſſembleront à ma voix, pour célébrer cette fête ; je vais m'éloigner.......

La Seine. Me voici.

Le Temps. Te voilà ? mais où ſont tes Nymphes ?

La Seine. Dans leurs grottes profondes elles attendent mes ordres, je vais à l'inſtant les réunir.

Le Temps. Quelle coupable négligence ! Ne vois-tu pas que le char & les courſiers de Phébus, ſillonnent déja les plaines du firmament ? ignores-tu qu'il eſt né dans ce jour, un noble rejetton de la race auguſte des BOURBONS, & que les Dieux veulent célébrer cet heureux événement ?

La Seine. Je le ſais.

Le Temps. Et attends-tu que deſcendus du céleſte ſéjour, les Dieux te ſurprennent ſur tes rives ?

La Seine. Je ne ſuis point en retard ; à peine le ſoleil dore-t-il les côteaux de ſes premiers rayons, les oiſeaux font encore retentir les airs des chants mélodieux dont ils ſaluent l'aurore.

Le Temps. Certes, je ne croyois pas la Seine auſſi inſouciante : eſt-ce ainſi que tu témoignes ton zèle à la naiſſance d'un royal enfant ? Les Driades aujourd'hui l'emportent ſur toi ; brûlantes d'impatience de voir naître un ſi beau jour, elles ont fait retentir les bois du ſon de leurs cors, bien plutôt que de coutume, pour hâter le retour de la pareſſeuſe aurore. Et moi, diſpenſateur des rapides inſtans accordés aux mortels, je me ſuis empreſſé d'amener un jour ſi déſiré. Jamais l'aſtre qui ranime toute la nature, ne brilla d'un plus vif éclat ; le redoutable Aquilon ſe tient renfermé dans ſon antre ; à peine entend-on mourir les flots ſur le rivage, le doux zéphir ſe joue mollement ſur le ſein des fleurs, le ciel et la terre ſe réuniſſent pour célébrer ce beau jour ; la Seine ſeule s'abandonne à un honteux repos : retournes dans ton palais humide, puiſque rien ne t'émeut ; le doux zéphir, l'onde tranſparente, les oiſeaux aux goſiers mélodieux, en un mot, tout ce qui reſpire, témoigne ſa joie ; toi ſeule tu reſtes dans une coupable indifférence. Vas, deſcends dans tes grottes profondes, & loin du trône reſplendiſſant DE BOURBON, ſommeille au bruit des applaudiſſemens univerſels.

La Seine. Je ne mérite point ces reproches ; avant le lever de l'aurore j'étois ſortie du ſein des ondes ; ſi je n'ai point encore raſſemblé mes Nayades, j'en ſuis bien excuſable, ſoyez-en perſuadé, ô vous le plus ancien des Dieux.

Le Temps. Quoi, tu oſes encore m'alléguer de vains prétextes ? Quelles peuvent-être tes raiſons ?

La Seine. Ecoutez-moi, & vous ſerez étonné. Au lever de l'aurore, au moment même où les aſtres de la nuit deſcendent ſous l'horizon, & où la fraîcheur du matin procure aux mortels un doux & paiſible ſommeil, je m'élançai ſur la ſurface de mes ondes tranſparentes ; à l'inſtant où j'allois raſſembler mes Nayades, j'apperçois une chaſſereſſe, (du moins à ſon habillement, à ſes cheveux flottans, elle me parut telle) aſſiſe ſur mes rives verdoyantes.

Le Temps. Peut-être elle t'arrêta ?

La Seine. Je m'approche, je la conſidère, & à la faveur de la clarté de l'aurore, je reconnois avec ſurpriſe, la mère de l'amour.

Le Temps. Quoi ! tu es étonnée que Vénus, par ſa préſence, concourre à rendre cette fête plus brillante ? Dans quelques momens, tu verras tous les Dieux paroître ici ; aujourd'hui, le maître du tonnerre, Jupiter lui-même, quittant le ſéjour des aſtres qu'il fait mouvoir d'un clin-d'œil, deſcendra ſur la terre.

La Seine. Mais à l'attitude, à l'air ſombre de Vénus, j'ai vu que ſon cœur étoit oppreſſé par la douleur, bien loin de ſe livrer à la joie.

Le Temps. Crois-tu donc pouvoir pénétrer les penſées des Dieux?

La Seine. Aſſiſe ſur l'herbe tendre, & le coude appuyé ſur le tronc d'un hêtre nouvellement coupé, la Déeſſe ſoutient de ſa main d'albâtre ſa tête inclinée, ſes yeux ſont triſtement fixés ſur la terre; en un mot, le ſombre voile de la douleur eſt étendu ſur tout ſon viſage; mais malgré ſa triſteſſe, elle enflammeroit encore d'amour tout ce qui reſpire dans l'univers.

Le Temps. Comment? Vénus ſeroit plongée dans la douleur, & pourquoi?

La Seine. Je ſuis reſté juſqu'à ce moment, à admirer les grâces & les amours qui folâtrent autour de la Déeſſe; mais je n'oſe parler de ſa beauté, de ſes appas, car Apollon lui-même, ne pourroit en donner qu'une imparfaite idée, quand pour les célébrer il uniroit les accens de ſa voix, aux ſons harmonieux de ſon luth divin. Une gaze blanche & légère ſert de vêtement à la Déeſſe, & laiſſe ſentir toutes les formes de ſon beau corps; cette gaze eſt retenue par une écharpe azur, qui, après avoir ſerré amoureuſement la taille de la Déeſſe, ſe ſépare en deux; un bout de l'écharpe cache un peu ſon carquois;

& l'autre s'étend en replis ondoyans, ſur le gazon fleuri. Un tiſſu tranſparent, couvrant en partie les beautés raviſſantes de ſa gorge divine, laiſſe l'autre partie expoſée aux regards des Dieux. Une guirlande de roſes lui ſert de diadême, & empêche ſes cheveux de couvrir ſon front majeſtueux; mais artiſtement arrangés par la main des grâces, ſes beaux cheveux retombent en boucles flottantes & en longues treſſes, ſur les épaules de la Déeſſe, & deſcendant juſques ſur ſa ceinture, les zéphirs viennent à l'envi, folâtrer avec eux.

Le Temps. Et tu n'as point demandé à Vénus ?...

La Seine. J'oſai demander à la Déeſſe, quel ſujet pouvoit altérer ſa ſérénité; mais pour toute réponſe, elle ſoulève ſes yeux, dont la vue ſeule embrâſe tous les Dieux, du plus vif amour, me regarde, ſoupire, & baiſſe ſes beaux yeux.

Le Temps. Où s'eſt-elle retirée ?

La Seine. Dans une île que forment mes ondes: non loin de l'endroit où s'eſt arrêtée Vénus, eſt un bois charmant conſacré à Diane.

Le Temps. Conduis-moi près d'elle, & tâchons de ſavoir la cauſe de ſa triſteſſe.

La Seine. Suivez-moi; la mère de l'amour n'eſt pas ſans doute plongée dans la douleur, pour de légers motifs.

Un plaiſir vif & imprévu, agitant notre âme avec trop de force, nous fait, il eſt vrai, verſer des larmes; mais quand livré à de profondes réflexions, l'on pleure & l'on ſoupire, c'eſt la colère alors, ou la douleur, qui nous arrachent des larmes.

La Scène change & repréſente une île au milieu de la Seine; cette île eſt ombragée par de jolis boſquets.

On apperçoit Vénus aſſiſe ſur le bord du bois, dans l'attitude décrite ci-deſſus; on y voit la Seine & le Temps.

Vénus. Doux zéphirs, paiſibles zéphirs, pourquoi ſoupirez-vous avec moi? ah! je le vois! vous êtes indignés, ainſi que moi, contre l'injuſte Pallas, Puiſſant Jupiter! Dieux qui m'aimez! vengez-moi, délivrez l'amour, mettez mon fils en liberté; il eſt innocent.

Le Temps. Vénus, belle Déeſſe! pourquoi, dans un jour conſacré à la joie, vous retirez-vous dans cet endroit ſolitaire; pourquoi vous livrer à la triſteſſe?

La Seine. Chaſſez de votre cœur le noir chagrin!

voyez les Dieux, pleins de joie, embellir mes rivages par leur présence.

Le Temps. Et quoi, serez-vous aujourd'hui la seule Divinité qui ne paroisse point autour du trône de BOURBON?

Vénus. Ah, laissez-moi, laissez-moi toute entière à ma douleur.

Le Temps. Mais faites-nous connoître au moins, aimable Déesse, le sujet de vos peines.

Vénus. Le sujet de mes peines n'est que trop légitime. (*Ici Vénus se lève courroucée.*) L'amour gémissant sous le poids d'indignes chaînes, est exposé dans ce bois antique, à la risée de Faunes insolens.

Le Temps. Qui donc a pu oser le charger de liens?

Vénus. Mon ennemie.

Ici, l'on voit paroître dans le lointain, Pallas & une troupe de Faunes qui sortent du bois & s'avancent en chantant vers le rivage, conduisant l'amour enchaîné avec de jeunes rameaux.

Un Faune porte le carquois, l'arc & le bandeau de l'Amour.

CHŒUR DE FAUNES.

Mortels, ne redoutez plus les noirs soucis, l'Amour ce tyran de vos ames, est notre prisonnier.

Vénus.

Vénus. Voici mon ennemie : voici mon fils, il est chargé de chaînes ; & vous le souffrez, grands Dieux ? Quel spectacle affreux pour moi !

Le Chœur. L'Amour n'a plus ni flambeau, ni flèches, ni bandeau ; les cœurs sont à l'abri de ses coups.

L'Amour. Aimables Faunes, au moins, desserrez un peu mes liens, & je promets à chacun de vous en récompense, pour maîtresse, une des plus belles nymphes de Diane.

Pallas. Ne vous laissez point séduire par ses propos flatteurs ; si vous consentez à lui donner plus de liberté, bientôt à l'aide de ses aîles, il vous échappera.

Le Temps. Quelle étrange chose ! quoi, Pallas, est-ce ainsi que vous vous préparez à célébrer une si belle fête ?

La Seine. Et vous choisissez mes rives & un si grand jour, pour faire éclater vos querelles ?

Pallas. Quand ce dangereux enfant sera éloigné, la fête ne sera point troublée par des débats.

Vénus. Et vous osez insulter à mon fils & à moi ? Jupiter n'est-il donc pas notre père ?

Pallas. Nous avons assez long-temps souffert ses excès ; sa témérité est au comble. Ce cruel enfant se fait un jeu de bouleverser le ciel, la terre, & l'univers entier ; je veux le conduire aux pieds de Jupiter, & que ce Dieu l'envoie en exil, dans les sombres grottes de Vulcain.

L'Amour. Je suis fils de Jupiter, & non de la nuit. M'exiler, moi ? Et comment, désormais, l'auguste race des BOURBONS se propageroit-elle ? Ne suis-je point ce Dieu puissant qui allume les flambeaux d'hyménée ? ne suis-je point ce Dieu qui enflamme ou adoucit, à son gré, les cœurs des Héros ? ne savez-vous pas que souvent j'ai désarmé Mars lui-même, au moment où il étoit le plus furieux ? ignorez-vous, Pallas, qu'entraîné par mes douceurs, le maître du tonnerre a, plus d'une fois, abandonné les rênes de l'univers, pour descendre sur la terre ; tantôt sous la forme d'un cygne, tantôt sous celle d'une pluie d'or ? Ma puissance est sans bornes : c'est par moi que l'harmonie règne dans ce vaste univers ; c'est par moi que les corps célestes roulent & se meuvent avec ordre dans l'espace. Je ne suis qu'un enfant ; mais tel qu'un autre Atlas, c'est sur moi que repose l'univers. Atlas soutint les cieux qui menaçoient ruine, & moi je soutiens & la terre & le ciel ; je sème, à mon gré, la discorde dans l'olympe & sur la terre, & je fais renaître, à mon gré, la concorde et la paix, sur la terre & dans les cieux.

Pallas. Et tu oſes encore te vanter de tes crimes ? ne crains-tu pas.....

L'Amour. Que craindrois-je ? je fais ce que je dois.

Vénus. Mais de quel droit, Pallas, puniſſez-vous l'Amour ? Jupiter eſt le ſeul Dieu ſuprême. Avouez-le, vous êtes encore aigrie de ce que je l'ai emporté ſur vous, de ce que la pomme d'or me fut jadis adjugée ; & vous cherchez à vous en venger de mille manières.

Pallas. Quoi, vous oſez encore me rappeler l'audace de Pâris ? Vous l'emportâtes ſur moi, il eſt vrai ; mais vous avez vu, ô Cythérée, comment je m'en vengeai ſur Hector, traîné dans la pouſſière, & ſur Enée, errant au ſein des mers.

Vénus. J'ai vu auſſi......

Pallas. Vous avez vu le palais de Déiphobe, pillé par les Grecs ; & le redoutable Pyrrhus, digne fils d'Achille, mettre en fuite les Troyens, égorger Priam & ſes enfans : vous avez vu Troye entière embrâſée ; la flamme dévorante manifeſtoit la fureur des Grecs, mon courroux & celui de Junon ; & Neptune armé de ſon trident redoutable, renverſoit les murailles & les édifices de cette ville odieuſe ; & tandis que les perfides Troyens trouvoient la mort ſous les débris de leur ville fumante, ou périssoient par les armes des Grecs ; ceux-ci victorieux, animés par moi-même, & redoublant d'audace, marchoient avec intrépidité sur les monceaux de ruine & sur les corps sanglans de leurs ennemis vaincus : vous avez-vu, ô Cythérée, combien ma colère est redoutable.

Déesse de la sagesse, j'inspire aux mortels le goût des sciences & des arts ; Déesse de la guerre, je sais, ainsi que Mars, combattre & venger mes outrages. Je ceins mon front de lauriers, ou de l'olive sacrée, suivant qu'il me plaît ; terrible dans la guerre, savante dans la paix, à mon gré j'épouvante ou j'instruis l'univers.

Vénus. Racontez avec complaisance tous les crimes des Grecs ; pour ma satisfaction, une nouvelle Troye, bien plus puissante que l'ancienne, a reparu ; & cet Enée, le jouet des vents & des tempêtes, fixé enfin sur les rives du Tibre, fut la souche d'une race qui a bien vengé Ilion, par la ruine & la conquête d'Argos, de Corynthe, & de la Grèce entière.

Pallas. C'est qu'alors ma colère.....

Vénus. Muses, chantez la colere implacable du fils de Pelée, qui insulte lâchement un cadavre inanimé, & qui n'a pas honte de le vendre à prix d'argent à un vieillard, à un père désolé. Et vous, Pallas, chantez l'atroce barbarie de Pyrrhus, qui osa souiller les autels du sang d'un Roi, d'un vieillard désarmé : Monstre, digne des enfers !

Pallas. Il vengea mon honneur offensé.....

Vénus. Mais les Dieux vengèrent aussi leurs autels profanés, car Pyrrhus périt lui-même de la main d'Oreste, aux pieds d'un autel. Priam s'étant lors de l'incendie d'Ilion, réfugié avec ses enfans, dans un temple, comme dans un asyle sacré; Pyrrhus paroît, & porte avec lui le carnage & la mort. Le jeune Polyte tend des bras supplians, & lui demande la vie; l'inflexible Pyrrhus lui plonge son épée dans les flancs; il redouble, le glaive moins cruel que le farouche vainqueur, refuse de pénétrer; le pere infortuné ! (mais déja il n'a plus de fils !) reçoit dans ses bras, Polyte expirant, & reproche à Pirrhus sa féroce impiété; ce barbare l'égorge lui-même, & ce vieillard vénérable tombant avec son fils, l'infortuné Priam expire en l'embrassant, & les flots de leur sang se confondent ensemble !

Oui, je crois encore voir le malheureux Priam, expirant & nageant dans son sang, qui crie vengeance au ciel. Il me semble voir le barbare Pyrrhus, que le carnage rend plus féroce encore. Dieux vengeurs, punissez-le de son affreuse impiété.

Le Temps. N'avez-vous donc quitté le céleste séjour, que pour renouveler vos anciennes querelles ? Ce n'eſt point pour cela que j'ai fait naître un ſi grand jour.

La Seine. Je croyois n'entendre retentir mes rives, que de chants d'allégreſſe : ſi la diſcorde vous ſuit, Déeſſes, remontez dans l'Olympe.

Pallas. Je veux conduire l'Amour enchaîné aux pieds du trône de l'invincible BOURBON.

Le Temps. Mais quel eſt ſon crime ?

Pallas. Il a oſé lancer, en ma préſence, un dard affreux ſur le royal enfant qui vient de naître.

L'Amour. Ce qui eſt divin, ne ſauroit être affreux.

Vénus. Allez, je ſaurai me faire écouter de Jupiter, & juſtifier l'amour : je ferai connoître aux Dieux votre haine pour moi.

Pallas. Que ce tyran s'éloigne, & reſpecte les grandes âmes, puiſqu'il remplit les cœurs d'amertume & de peines.

L'Amour. Que l'amour reſte à folâtrer auprès des grandes âmes, puiſque lui ſeul peut faire le bonheur d'un cœur.

Le Temps. Mais le moment de la fête approche.

La Seine. La cour céleſte va paroître.

Tous Enſemble. Rendons-nous ſur le champ auprès du trône de BOURBON ; là, Jupiter daignera nous entendre.

Fin du premier Acte.

ACTE SECOND.

Le théâtre repréſente de nouveau les rives de la Seine ; & Paris dans l'éloignement.

APOLLON & un CHŒUR DE MUSES.

Chœur de Muſes. QUE ces rives retentiſſent de chants mélodieux , en l'honneur du royal enfant.

Apollon. Muſes , accordez vos voix aux ſons de ma lyre , que nos chants retentiſſent dans les airs.

Chœur. Que ces rives retentiſſent , &c.

Le chœur des Muſes eſt interrompu par celui des Faunes, qui conduiſent l'Amour priſonnier , & qui portent en triomphe ſes attributs ; les Faunes ſont précédés par Vénus , Pallas , le Temps , & la Seine.

CHŒUR DE FAUNES.

Loin de vous , mortels , toute inquiétude ; l'Amour qui vous tyranniſoit , eſt captif aujourd'hui.

Apollon. Voilà les Dieux encore diviſés.

La Seine. Apollon & les Muſes ſont ici ; mettez fin à vos querelles , & n'interrompez point leurs chants mélodieux.

Pallas. Tu ſeras puni bientôt comme tu le mérites.

L'Amour. Jupiter avant de prononcer, entendra ma juſtification.

Vénus. Il ſaura, dans un moment, que vous me faites éprouver de nouveau les effets de votre haïne invétérée.

Le Temps. Puiſſant fils de Latone, faites enſorte de réconcilier ces deux Déeſſes !

Apollon. Quel bruit étrange, & comment oſez-vous, par vos clameurs, troubler cette fête ? Avez-vous un nouvel Enée à perdre ou à protéger ? Hector & Achille vont-ils encore combattre ? Un nouvel Ilion ſera-t-il encore réduit en cendres ?

Pallas. Notre diſcuſſion a pour motif un ſujet non moins important. Ecoutez, Apollon, & ſachez juſqu'à quel point l'Amour a porté ſon audace. Vous n'ignorez pas que Jupiter m'a confié la garde du ROYAL ENFANT qui vient d'être nommé DUC DE NEUSTRIE. Eh bien, hier, pendant que le palais DE BOURBON retentiſſoit de concerts, & étoit rempli par tout ce qu'il y a de plus grand dans l'empire, je vois paroître l'Amour; il entre en folâtrant, & ſe perd dans la foule; cependant il ajuſte des traits ſur ſon arc, & bleſſe mortellement plus d'un cœur : enfin, dans l'excès de ſon audace, il oſe en lancer un ſur le ROYAL ENFANT ! attentive à le défendre, je le reçois ſur mon égide.

L'Amour. Mais conſidérez quelle eſt la trempe de ce.....

Pallas. Pendant qu'il en choiſit un autre dans ſon carquois, je réuſſis à le ſaiſir par ſon bandeau, je le dépouille de ſes armes, & le conduis dans la forêt voiſine, où je le remets entre les mains des Faunes, car, privé de ſes armes, l'Amour eſt ſans pouvoir. Je veux, dans cet état, le conduire devant Jupiter : ſa hardieſſe ne reſtera point impunie. Il faut déſormais confier ſon flambeau, ſon arc & ſes traits, à un Dieu plus ſenſé, plus modéré que lui ; depuis trop long-temps enfin, l'on tolère ſes excès !

Plus d'une fois, il a enlevé la foudre redoutable de la main du Roi des Dieux ; plus d'une fois Apollon, il vous a dérobé à vous-même votre lyre ; quelque jour, ſans doute, il oſera me dépouiller de mon égide. Je jure que je ne me chargerai plus de veiller ſur les enfans des Rois, ſi jamais on lui rend ſes traits.

Appollon. La témérité de l'Amour m'eſt connue ; du haut de l'empirée, je l'ai vu charger de liens, & je ſerois bien fondé à m'en venger auſſi, puiſqu'il m'a fait brûler pour une ſimple mortelle ; & que par la métamorphoſe de Daphné, il m'a réduit à pleurer le malheur de cette nymphe & le mien. Mais l'on doit en ce jour oublier tous ſes torts : je vous conjure, Déeſſes, de terminer vos diſſenſions, vous pourriez exciter le courroux de Jupiter. Vous n'ignorez pas le vif intérêt qu'il prend au ſort du nouveau DUC DE NEUSTRIE. Il deſcend aujourd'hui du céleſte Olympe, pour célébrer avec les mortels, l'heureuſe naiſſance de ce ROYAL ENFANT ; moi-même, pour être préſent à cette fête, j'abandonne mon char radieux, c'eſt Eoüs qui le conduit dans ſes plaines azurées.

J'ombragerai de lauriers le berceau du jeune Prince, & je le charmerai par les ſons mélodieux de ma lyre d'or ; & vous, Muſes, vous m'accompagnerez de vos voix divines, la Seine entendra dans ce jour les céleſtes concerts réſervés pour les plaiſirs des Dieux.

L'Amour. Je mérite récompenſe plutôt que punition. J'ai inſpiré au jeune PRINCE, dès ſon berceau, un tendre amour pour les ſujets de ſon Père, & j'embrâſois les cœurs de cette troupe d'élite qui environnoit le trône de BOURBON, de cet amour ſans bornes, de ce tendre & reſpectueux dévouement, que de fideles ſujets doivent à leur ROI.

Pallas. Tu trompes ſi ſouvent, que nous aurons peine à ajouter foi à tes diſcours.

L'Amour. Voyez les traits qui ſont dans mon carquois, examinez leur trempe ; ils ont tous une pointe d'or, & ont été forgés dans le ciel par le ſuprême arbitre des Dieux & des hommes. Vous voulez, ô Pallas, que l'on donne mon arc & mon flambeau à une autre Divinité ; en un mot, vous prétendez changer les décrets du deſtin, & rendre le ſort des Dieux auſſi peu ſtable que celui des mortels ; mais qui pourroit, comme moi, faire uſage de mes traits ? Mars armé de ſon glaive ſanglant, eſt la terreur des mortels ; Neptune d'un coup de ſon trident, ébranle les fondemens de la terre ; que Mars s'arme du trident de Neptune, que Neptune prenne le glaive de Mars, & vous verrez alors ſi ces Dieux ſauront ſe ſervir, avec autant de vigueur, d'armes qui leur ſeroient étrangères. Les décrets de Jupiter ſont immuables : il tient dans ſa main puiſſante, tous les anneaux divers de la chaîne immenſe qui forme ce vaſte univers, & jamais il ne change l'ordre qu'il a établi dans ſa ſageſſe ſuprême.

Phaéton ayant eu l'audace de vouloir conduire un jour le char du ſoleil, fut précipité dans le profond & rapide Eridan. Vous-même, Pallas, ſi, dépoſant votre fierté & votre humeur belliqueuſe, vous vouliez vous parer des attraits de Vénus, vous ne plairiez pas autant qu'elle ; & Vénus ne pourroit, comme vous, porter l'épouvante dans les cœurs.

Vénus. Pallas n'ignore pas de quels traits l'Amour s'eſt ſervi, & de quelle flamme il a embrâſé les cœurs des ſujets de LOUIS, mais elle veut......

Apollon. Déeſſes, réconciliez-vous, & que l'Amour promette de n'inſpirer au jeune PRINCE que des paſſions nobles.

L'Amour. Je jure de ne le frapper que des traits que je tiendrai de la main de Jupiter, je ne me ſervirai que de ces traits pour perpétuer la race des BOURBONS ; & ainſi, les jeunes rejettons de cette auguſte tige, reſſembleront toujours à leurs glorieux ancêtres. J'inſpirerai au jeune PRINCE & aux François, une tendre & réciproque affection. Ceux-ci reſpecteront le royal rejetton, comme une divinité bienfaiſante ; & lui, les préſervera de tout malheur, par ſa puiſſante protection ; en un mot, il les comblera de biens & ſe couvrira de gloire ; c'eſt ainſi que ce jeune Prince parviendra à l'immortalité.

Apollon. Si telles étoient les intentions de

l'Amour, que l'on rende à ce Dieu ſes armes & ſon bandeau ; Jupiter veut que la concorde règne aujourd'hui ſur la terre, je ſuis venu de ſa part pour vous en prévenir.

Pallas. Je reſpecte les ordres du ſouverain maître des Dieux. Fils de Vénus, reprends tes flèches & ton carquois, (*Les Faunes rendent à l'Amour ſes attributs*) & ſouviens-toi de n'en jamais bleſſer les cœurs des Souverains. En faveur d'un ſi grand jour, je te rends ta liberté.

Vénus. Je ſuis ſatisfaite, actuellement je me hâte de me rendre auprès de l'auguſte ENFANT. Je chargerai les Grâces de l'embellir. Je veux que chaque nouvelle aurore faſſe naître pour lui un beau jour, & que les conſtellations lui ſoient toujours favorables : je veux que ſon âme calme & exempte de paſſions, ſe plaiſe ſeulement dans la contemplation de céleſtes objets. Les aſtres qui brillent au firmament, n'enverront ſur ces rives que de bénignes influences. Je fixerai déſormais, ici ma demeure & ma cour ; & les comètes qui parcourent la profondeur des cieux à des périodes marquées, mais avec une vîteſſe inégale, parvenues ſur les bords de la Seine, ralentiront leur courſe, & contempleront tour-à-tour, & l'olympe & Paris, le trône de Jupiter & celui de LOUIS.

Grâces charmantes, folâtrez légérement au tour de ce précieux enfant; & vous aſtres brillans, contemplez du haut des cieux, ce beau LIS, nouvellement ſorti de la tige majeſtueuſe des BOURBONS.

Pallas. Mes dons rendront le jeune PRINCE bien plus cher à l'univers, que les vôtres : Jupiter m'a confié le ſoin de ſon éducation, & je le douerai de l'audace, de la force & du courage. Dès ſon berceau, je l'accoutumerai à fixer l'inconſtante fortune : nouvel Alcide, il pourra tenter un jour, avec ſuccès, le paſſage de l'Erèbe, triompher des monſtres les plus affreux, combattre les Divinités infernales, & ſoutenir, s'il le faut, la voûte céleſte.

La Seine. PRINCE fortuné, combien je ſuis ravie de ces glorieux préſages !

Pallas. Il ne ſera pas moins étonnant dans la paix que dans la guerre. Le vaſte génie de mon auguſte NOURRISSON, embraſſera toutes les ſciences, il connoîtra tout ce que Rome & Athènes, & la ſavante Egypte, ont écrit d'intéreſſant. Déja même, j'ai tranſporté le lycée ſur les bords de la Seine. L'heureuſe France poſſède aujourd'hui toutes les ſciences & tous les arts, & les cultive avec le plus grand ſuccès. L'audacieux

François fait aujourd'hui s'élever jusqu'aux astres, & rival du Dieu du jour, conduire, ainsi que lui, un char dans les régions des vents ; en un mot, il offre aux yeux étonnés, la marche & les phénomènes des globes célestes. Que Dédale ne montre plus ses aîles, qu'Archiméde ne vante plus ses machines. L'homme aujourd'hui peut aller d'un pôle à l'autre, par les plaines de l'air ; c'étoit trop peu pour lui de parcourir toute la terre, & de voguer jusqu'aux extrémités des mers, prenant aujourd'hui son effort vers les cieux, il défie dans sa course, le soleil & tous les astres.

La Seine. Si les sciences & les arts fleurissent en France à ce point, ô Pallas ! on en est redevable au GRAND MONARQUE qui les protège & en facilite les progrès. Tout homme d'un vrai mérite est assuré de trouver près de ce GRAND ROI, un abri contre les injustices de la fortune ; il les répare par sa noble générosité. Ce sont les soins du cultivateur qui fertilise les campagnes.

Le Temps. Déesses, vous combleriez envain le jeune PRINCE de vos dons, sans mon secours, car c'est par moi que l'homme existe & qu'il périt ; je lui donne l'être & la mort. J'enveloppe sous mes aîles immenses tout ce qui, successivement, paroît & disparoît dans ce vaste univers ; c'eſt moi qui amenai le jour ſi déſiré de la naiſſance du jeune PRINCE, enrichiſſez donc ce ROYAL ENFANT de vos dons, & laiſſez-moi le ſoin de l'en faire jouir long-temps. Je ſaurai faire enſorte que CLOTHO étende la trame de ſes jours ; & quand il faudra qu'il ſubiſſe enfin la loi commune à tous les mortels, la renommée recevra de ma main la trompette immortelle, deſtinée à répandre par-tout la gloire de ſes hauts faits, & les ſiècles ſuivans n'en perdront jamais le ſouvenir. En un mot, la gloire de ce jeune PRINCE frappera d'admiration les Dieux & les mortels, & l'univers périra avant qu'elle s'éclipſe.

Apollon. Sans moi, ſans les Muſes, vous ne ſauriez éterniſer un nom. Nous ſeuls pouvons immortaliſer les Héros, en chantant leurs hauts faits : Muſes, chantez donc la naiſſance d'un mortel qui deviendra l'égal des Dieux. Prêtez à la renommée la trompette guerrière, & animez ſes accens, pour que la gloire du jeune Prince ſoit éternelle. Ombragez de lauriers ſon berceau, & rendez hommage à votre protecteur. Faites qu'il ſe baigne dans l'Hippocrène, & qu'il devienne le cygne le plus mélodieux du Parnaſſe. Sous ces auſpices l'on vous accueillera avec empreſſement, & vous recouvrerez votre

ancienne

ancienne ſplendeur. Transférez votre ſéjour ſur les rives heureuſes de la Seine, & invitez les Poëtes étrangers les plus célèbres, à venir s'y fixer : Un nouvel aſtre doit paroître dans les Cieux, puiſque Jupiter a fait préſent à la terre d'une nouvelle Divinité. Ce royal ENFANT ſera un nouvel ornement de l'Hélicon; Muſes, ceignez ſon front de lauriers.

La Seine. O Seine trop heureuſe ! à quels honneurs les Dieux t'ont réſervée ! Ma gloire éclipſe celle du Tibre & du Scamandre. La renommée déſormais s'empreſſera moins de chanter les hauts faits de Bacchus & d'Alexandre, puiſque les Héros qui habitent mes rives, ont déja réſolu de porter leurs armes victorieuſes dans un nouveau monde, & que leurs exploits obſcurciront, par leur éclat, la gloire & les exploits des anciens conquérans. Je ſais, ô Dieux ! que vous deſtinez à LOUIS des triomphes plus grands. Qu'il déploie ſes drapeaux, & que ſon pavillon reſpecté ſur toutes les mers, porte les connoiſſances & le culte des François, juſqu'aux rivages les plus barbares ; que LOUIS ſe prépare à de nouveaux triomphes & à ceindre ſon front de lauriers ſur les bords du Nil, ſur les rives du Gange, & ſur celles de l'Oronte ! Je partagerai ſa gloire ; quand les lis victorieux auront parcouru les deux mondes, Jupiter & BOURBON ſe partageront l'empire du ciel & de la terre, & moi je partagerai avec Junon, les hommages des mortels & des Dieux. Je ne porte plus envie au Tibre ni au Xanthe ; ma gloire éclipſera la leur, ma renommée s'étendra bien plus loin. Ils virent autrefois les Dieux deſcendre ſur leurs rives, mais moi je verrai les Dieux & les Muſes fixer leur ſéjour ſur les miennes, & je ſerai plus féconde en Héros.

Le Temps. Voici le moment de célébrer la fête.

Apollon. Rendons-nous au palais, & que chacun de nous faſſe un don au jeune PRINCE. Déja je vois les autres Dieux s'approcher ; déja le ciel brille d'un nouvel éclat ; j'entends le tonnerre gronder, Jupiter deſcend de l'Olympe.

L'Amour. Hâtons-nous, je le comblerai de plaiſirs, je lui ferai goûter le ſuprême bonheur.

Pallas. Je le doue d'une valeur héroïque & de toutes les connoiſſances utiles.

Vénus. Je lui donne les grâces en partage.

Apollon. Muſes, accompagnez-nous auprès du trône de BOURBON ; & vous, Seine, reſtez-ici avec les Faunes ; raſſemblez vos Nayades ; ornez leurs cheveux de guirlandes de fleurs, exécutez des danses agréables aux accens mélodieux de leurs voix.

La Seine. Nayades, sortez des ondes, suivez-moi.

Plusieurs Nayades paroissent.

Tous ensemble. Célébrons avec les mortels, l'heureuse naissance de ce ROYAL ENFANT. Jupiter lui-même n'auroit pu donner l'être à une ame plus héroïque.

Les Dieux & les Muses s'éloignent.

La Seine & le Chœur. Que chaque jour la nouvelle aurore lui apporte le bonheur! Dieux favorables, donnez à ce jeune Héros des années sans nombre, & une gloire immortelle.

La Seine, les Faunes, & les Nayades, terminent la fête par une Danse brillante.

FIN.

www.ingramcontent.com/pod-product-compliance
Ingram Content Group UK Ltd.
Pitfield, Milton Keynes, MK11 3LW, UK
UKHW022138260726
13993UKWH00005B/2012

9 782329 170916